Coleção Aventuras Grandiosas

Jack London

O MEXICANO

Adaptação de Rodrigo Espinosa Cabral

2ª edição

EDITORA
RIDEEL
Quem tem Rideel tem mais.

Capítulo 1

Na **JUNTA** ninguém conhecia sua história. Era ao mesmo tempo um pequeno mistério e um grande patriota para seus **CORRELIGIONÁRIOS**. Quando apareceu nos escritórios barulhentos e falantes, muitos pensaram que fosse um espião enviado por Diaz.

— Soy Felipe Rivera y deseo trabajar por la Revolución.* — disse em meio ao ruído das máquinas de escrever e às conversas dos militantes.

Os que estavam ao seu redor **CESSARAM** suas atividades, pararam de falar. Notando o silêncio **BRUSCO** dos companheiros, os demais revolucionários também ficaram quietos e todos voltaram seus olhos para o **EPICENTRO** do silêncio: Felipe Rivera.

Qualquer novato era visto com desconfiança naquele tempo de luta. Diaz havia fortalecido a repressão e muitos revolucionários estavam presos nos Estados Unidos. Outros tantos eram enfileirados contra paredões de **ADOBE** e **FUZILADOS**.

Naquele escritório estava boa parte das pessoas que pensavam a revolução, trabalhando com ideias, planos e sonhos. Quando viram o garoto, não lhe deram muito crédito. Parecia ter no máximo dezoito anos e seu corpo não era muito desenvolvido para a idade. Disse quem era e o que desejava e depois se manteve calado. Apenas esperava a resposta dos revolucionários com os músculos rijos, o rosto petrificado, os lábios fechados e o olhar frio. Essa postura e o silêncio da sala fez Paulino Vera sentir seu estômago queimar. Havia algo muito forte naquele garoto. Algo que vinha de seu âmago, atravessava seus olhos e invadia a sala inteira. Era difícil para Paulino Vera manter o contato visual com aqueles olhos negros, venenosos. Era um olhar terrível, de onde transbordava **AMARGURA**, contaminando quem o encarasse.

Por curiosidade a senhora Sethby ergueu a vista e, por trás da máquina de escrever onde trabalhava, resolveu olhar para o desconhecido. Seus olhos se ali-

* *Sou Felipe Rivera e desejo trabalhar pela Revolução.*

- **JUNTA:** reunião de pessoas com um objetivo específico
- **CORRELIGIONÁRIO:** quem é de uma mesma religião, partido ou pensamento
- **CESSARAM:** pararam, interromperam
- **BRUSCO:** ríspido, inesperado
- **EPICENTRO:** ponto de maior intensidade em um fenômeno
- **ADOBE:** tijolo de argila crua
- **FUZILADO:** condenado à morte por tiro de fuzil
- **AMARGURA:** mágoa, sofrimento

nharam com os do novato e ela sentiu um arrepio na coluna. Algo **INOMINÁVEL** que a fez parar de datilografar, respirar fundo e reler o documento que redigia para poder continuar.

Sentindo um certo desconforto, Paulino olhou para Arellano e para Ramos. Precisava saber se os outros também estavam afetados com a presença do rapaz. Seus companheiros lhe devolveram o olhar e todos estavam **INTRIGADOS** e apreensivos. Aquele rapaz magro trazia em sua pele morena todo o medo e o fascínio do desconhecido. Sua postura era diferente dos demais revolucionários comuns com um ódio **MASSIFICADO** à **TIRANIA** de Diaz. Havia um quê a mais em seus motivos, em seu olhar. Paulino Veras usou a impulsividade que lhe era característica para terminar com aquele silêncio desnecessário e fazer com que a junta voltasse ao trabalho.

— Então você quer trabalhar pela revolução. Pois muito bem. Pegue aquele balde, o pano e o sabão e comece a esfregar o assoalho. Este escritório está muito sujo.

Algumas pessoas riram, mas Felipe Rivera se manteve sério e perguntou:

— É pela revolução?

— Sim. É pela revolução. Limpe o chão, depois as janelas, o banheiro e tire o lixo. Essa será a sua tarefa diária até receber novas instruções — disse Paulino com muita seriedade.

O desconhecido arremangou a camisa e pôs-se a trabalhar. Em segundos a Junta voltava a ser barulhenta. Os dias foram passando e Felipe se mostrava cada vez mais dedicado. Limpava e encerava o piso, removia o pó, tirava o lixo, trocava as cinzas do fogão a lenha, rachava madeira e a trazia até o escritório, acendia o fogo, limpava vidraças e ia ao correio. As dependências da casa da Junta logo ganharam um novo aspecto, mais limpo e eficiente. Com isso as pessoas passaram a cuidar melhor de suas aparências e algumas delas aumentaram seu desempenho no trabalho, pois se sentiam mais motivadas a trabalhar num ambiente limpo. Felipe notou que seu serviço agradava a todos e, após alguns meses, ousou perguntar:

— Posso dormir aqui?

— Eu sabia! Eu sabia! Tanta dedicação, não podia ser verdade. Então é esse o seu plano. Primeiro você se **INFILTRA** na Junta. Trabalha duro algumas semanas para ganhar a confiança de todos, mas nunca conta nada sobre sua vida e se mantém

- **INOMINÁVEL:** que é difícil ou impossível de dar nome
- **INTRIGADO:** desconfiado, curioso
- **MASSIFICADO:** comum, padronizado, estereotipado
- **TIRANIA:** governo cruel, abusivo, injusto e instituído de forma ilegal
- **INFILTRA:** penetra, introduz

calado. Não quer fazer amigos. Depois você pede para dormir aqui. Dormir nas salas da Junta para na calada da noite vasculhar nossas gavetas e armários. Ler documentos **CONFIDENCIAIS**, roubar planos, descobrir segredos estratégicos. Desvendar o esconderijo de nossos camaradas no interior do México! A resposta para seu pedido é NÃO! — disse Paulino Veras com irritação.

Rivera apenas ouviu calado e não tocou mais no assunto. Foi então que seus colegas da Junta começaram a se perguntar onde será que Felipe vivia. Ninguém sabia onde morava ou do que se sustentava uma vez que o trabalho na Junta era **VOLUNTÁRIO**. Arellano chegou a lhe dar dois dólares, mas o rapaz recusou. Paulino então insistiu para que Felipe aceitasse, mas ele apenas disse:

— Yo trabajo por la Revolución.*

Era incrível sua força de vontade. Seus colegas também trabalhavam pela revolução, mas tinham de comer e alimentar os filhos. Além disso, a própria revolução era muito **DISPENDIOSA**. Em alguns meses tudo ia bem, mas em outros a escassez de armamentos, munição, alimentos e materiais de escritório dava a impressão de que o movimento revolucionário iria à falência. O aluguel estava atrasado fazia dois meses e o proprietário do imóvel ameaçava despejar os membros da junta. Como os revolucionários ainda sonhavam com uma sociedade justa, preferiam pagar o aluguel, a simplesmente **CONFISCAR** o imóvel.

A situação preocupava a todos e só foi resolvida quando o rapaz das vassouras, do balde e do esfregão colocou na mesa da senhora May Sethby os setenta dólares da dívida. Todos ficaram impressionados. Perguntas e suposições começaram a atravessar as salas da Junta. Curiosos, os militantes conversavam entre si, sem jamais dirigirem suas dúvidas diretamente ao rapaz:

— De onde vem seu dinheiro?

— Por que é tão quieto?

— Do que será que se alimenta?

— Onde nasceu?

— Quem são seus parentes?

Felipe Rivera continuava seu trabalho sem se importar com os **FALATÓRIOS**, sem saber que seu silêncio e as centenas de opiniões dos outros sobre ele iam

* *Eu trabalho pela Revolução.*

- **CONFIDENCIAL:** secreto
- **VOLUNTÁRIO:** que age por vontade própria, e não por obrigação
- **DISPENDIOSA:** cara, custosa
- **CONFISCAR:** apreender ou apossar-se de algo em nome do governo
- **FALATÓRIO:** maledicência, burburinho

aos poucos fazendo dele uma espécie de **MITO**. Era como se as pessoas da Junta estivessem em um jogo cujo objetivo era desvendar o mistério andante chamado Felipe Rivera. Havia uma regra implícita: não perguntar a Felipe a solução do mistério. É verdade que alguns tentavam arrancar do rapaz algumas informações, mas ele se mantinha calado, concentrado no trabalho, e seu silêncio e sua seriedade acabavam fazendo com que seus entrevistadores desistissem de **ABORDÁ-LO**. Muitos até ficavam com vergonha de **IMPORTUNAR** aquele trabalhador dedicado com questões **FRÍVOLAS**.

Contudo, a cada nova façanha de Rivera, sua fama aumentava na Junta e as pessoas voltavam a falar dele com **ALVOROÇO**. Refaziam suas teorias, criavam novas análises e debatiam muito. Certa vez a senhora Sethby se queixou que não havia selos para postar cerca de trezentas cartas. Eram documentos importantes para a sustentação da revolução: cartas para jornais, artigos para revistas, pedidos de auxílio a países estrangeiros, contatos sindicais, comunicação com bases no interior, com facções trabalhistas, com exilados...

Paulino já havia vendido até o relógio de ouro que decorava a parede da Junta, um presente de seu avô. Se as cartas não fossem remetidas a revolução estaria **ESTAGNADA**. Rivera ouviu as lamúrias, colocou seu chapéu na cabeça e saiu no meio da manhã sem avisar ninguém. Perto do final da tarde estava de volta. Trazia um pacote que colocou sobre a mesa da senhora Sethby. Era um **MILHEIRO** de selos. Emocionada, a secretária sentiu seus olhos úmidos e teve vontade de abraçar o rapaz, mas não havia nele uma postura favorável ao carinho. Seu rosto continuava duro e concentrado, sem sorriso. Não havia orgulho em sua expressão. Não se vangloriava do feito e enquanto todos o olhavam com admiração e espanto ele seguia para o canto, onde estavam os panos e o balde.

Paulino e os outros começaram a conversar sobre o ocorrido:

— De onde vem esse dinheiro? — perguntou Paulino.

— Aposto que é o maldito dinheiro do próprio Diaz — um dos homens respondeu com raiva.

— Não faz sentido. Essas cartas vão prejudicar Diaz. Seria burrice dele pagar para que fossem enviadas — retrucou Paulino.

- **MITO**: pessoa ou acontecimento cuja biografia ou os fatos que a envolvem são exagerados pela imaginação popular
- **ABORDÁ-LO**: aproximar-se para conversar com ele
- **IMPORTUNAR**: incomodar
- **FRÍVOLA**: sem valor, fútil
- **ALVOROÇO**: confusão, agitação
- **ESTAGNADA**: parada, imobilizada
- **MILHEIRO**: conjunto de mil unidades

E assim, em todos os cantos da Junta, as pessoas elaboravam suas teorias:

— É um **PREDESTINADO**.

— Não passa de um louco com sorte, com a sorte dos loucos.

— Só pode ser um espião.

— Que espião, que nada! Se tivéssemos mais cinquenta espiões como ele Diaz já estaria **DEPOSTO**!

Afastado das fofocas, o faxineiro da revolução seguia seu trabalho. Sempre trazendo contribuições valiosas e úteis para a causa. Sua dedicação fez com que Paulino lhe desse uma missão militar.

Capítulo 2

Além de ser uma missão arriscada, seria preciso confiar no desconhecido. Houve muito debate entre os líderes da junta mas Paulino convenceu os demais a dar um voto de confiança a Rivera. Era preciso restaurar a linha de comunicação entre a **BAIXA CALIFÓRNIA** e Los Angeles. Juan Alvarado, o comandante do Governo Federal, havia prendido e assassinado três revolucionários que faziam a troca de informações naquela região. Com requintes de crueldade, Alvarado mandara os prisioneiros cavarem suas próprias covas enquanto seus homens riam deles, para depois fuzilá-los. Rivera recebeu as instruções e nunca se soube detalhes de seu procedimento, apenas os resultados.

Quando voltou, a comunicação estava restabelecida e Alvarado havia sido encontrado morto em sua casa, deitado na cama com uma faca cravada em seu peito. O feito fez com que todos na Junta passassem a tratar Rivera com mais respeito e temor. Ninguém ousou perguntar-lhe como havia feito o que fez. Mas, pelos corredores, o desconhecido voltava a ser o assunto preferido:

— Para mim, esse sujeito não é humano — disse Ramos.

— Humano ele é, mas é diferente de nós. Tem o espírito solitário. Um grande espírito solitário — dizia Arellano, meio inconformado.

— É movido por uma dor muito forte. Um ferimento na alma. Essa dor não o deixa sentir alegria em nada. É um rapaz que age como um morto, mas está terrivelmente vivo — analisou May Sethby.

— Embora seja quase uma criança, esse rapaz já passou pelo inferno e isso o torna diferente, **DESTEMIDO** — sentenciou Paulino Vera.

- **PREDESTINADO:** que nasceu com um destino já definido, fadado
- **DEPOSTO:** retirado do poder
- **BAIXA CALIFÓRNIA:** região peninsular do México no Oceano Pacífico, ao sul da Califórnia norte-americana
- **DESTEMIDO:** sem medo, valente

Tinham medo do rapaz. Seus olhos negros, frios e sem amor eram uma ameaça a todos. Paulino dizia que quem traísse a revolução ou a confiança do rapaz estaria morto pela sua **IMPLACABILIDADE**.

— Esse garoto é cruel como o metal, gelado como a neve. Ele é um luar no inverno, sobre um homem morrendo de frio, no cume de uma montanha. Digo a vocês, meus amigos. Não tenho medo de Diaz e de seus assassinos covardes, mas tenho medo dele. Ele caminha com a morte. Ele é a própria revolução encarnada — quase discursava Paulino Vera.

As semanas se passavam e Rivera continuava cada vez mais misterioso. Passara a se ausentar da Junta. No começo ficava dois, três dias longe e depois voltava com dólares ou alimentos. Às vezes voltava machucado, com hematomas pelo rosto, cortes no supercílio e os dedos arrebentados. O sucesso em sua primeira missão lhe rendera uma promoção ao cargo de **TIPÓGRAFO**. Mas às vezes ficava semanas ausente e quando voltava seus punhos e polegares estavam tão feridos que não conseguia colocar os **TIPOS** na máquina.

Paulino e os demais não gostavam dessas ausências, mas não reclamavam por medo da reação de Rivera e porque o rapaz sempre trazia benefícios para a Junta quando regressava. É claro que cada período que Rivera passava longe dava corda nos pensamentos de seus colegas:

— Só pode ser um **LIBERTINO** — gritava Arellano com convicção.

— Com certeza. Frequenta lugares de má fama e com isso denigre a imagem da revolução — **ESBRAVEJAVA** Ramos.

— Eu queria saber de onde sai tanto dinheiro. Hoje mesmo ele pagou as contas da nossa editora. Cento e quarenta dólares — informou um homem que trabalhava na gráfica da Junta.

— O que me deixa mais intrigada são essas ausências. Onde ele se enfia, hein? — perguntou May.

— Vamos colocar um espião para segui-lo. Para o bem da revolução — sugeriu Ramos.

— Eu é que não me meto numa missão dessas — disse Paulino rapidamente. — É suicídio! Quem seguir esse rapaz vai para baixo da terra!

- **IMPLACABILIDADE:** qualidade de quem é implacável, de quem não se aplaca, não se aquieta e não se suaviza
- **TIPÓGRAFO:** quem trabalha com tipografia, a arte de imprimir textos
- **TIPO:** peça de metal ou madeira responsável pela impressão das letras na tipografia
- **LIBERTINO:** devasso, depravado
- **ESBRAVEJAVA:** gritava com raiva

— Sinto até pena dele, sabe? — disse May. — Ele não tem ninguém. Vive na solidão e no ódio. Odeia tudo e todos. Quanto a nós, apenas nos **TOLERA** porque somos o caminho para o seu desejo. Mas no fundo ele é triste e sozinho... — tentou continuar falando, mas o choro molhou suas palavras, que naufragaram na garganta deixando seus colegas em silêncio.

Capítulo 3

Com o agravamento da crise econômica e política que o México vivia, a revolução começava a viver um momento **CRUCIAL**. Era chegada a hora de o movimento revolucionário deixar de lado suas teorias, suas conversas intermináveis e suas ações isoladas e secretas e partir para a **GUERRA CIVIL** aberta até a vitória. Para iniciar esse processo era preciso dinheiro e a Junta vivia um período de crise. Seus membros já haviam vendido todos os bens pessoais para sustentar a revolta. Inúmeras joias de família, relógios, casas, cabeças de gado, móveis, roupas... haviam sido transformados em recursos para sustentar a mudança. Era preciso dinheiro para vencer Diaz. O dinheiro que poderia desequilibrar a balança do poder, **DEFLAGRAR** a revolta, que uma vez iniciada poderia evoluir por conta própria e levar os rebeldes ao governo. Por outro lado, a falta desse dinheiro se traduziria numa derrota iminente e amarga. Os peões rurais, os trabalhadores urbanos, os militantes, setores da Igreja, os sindicatos e os partidos políticos de oposição estavam todos à beira de um **COLAPSO**. Todos trabalhavam além do limite de seus recursos e potencialidades, esperando que o passo decisivo fosse dado e que a revolta se iniciasse de verdade.

Paulino e Ramos quebravam a cabeça e não descobriam como levantar os recursos que faltavam para **DEPOR** Diaz. Estava tudo pronto. Aventureiros, mercenários, sonhadores, artistas, trabalhadores, bandidos, americanos revoltados, descendentes de índios, mexicanos exilados, bandoleiros, vândalos, teóricos, professores, escravos fugidos, peões, mineiros, todos esperavam pelas armas e munições para expressar seu sofrimento, sua dor e sua revolta em forma de tiros, fogo e sangue.

A estratégia também estava definida. Tomar a fronteira norte, os portos, os órgãos de imprensa. Se Diaz contra-atacasse, perderia o sul do país. Se não contra-atacasse, a vitória no norte iria motivar o povo no sul e a chama da mudança se

- **TOLERA:** aguenta, suporta
- **CRUCIAL:** decisivo, muito importante
- **GUERRA CIVIL:** guerra entre pessoas de um mesmo país
- **DEFLAGRAR:** começar repentinamente como uma combustão
- **COLAPSO:** perda de força, falência, esgotamento
- **DEPOR:** retirar do poder

alastraria de cidade em cidade, levando o Estado aos braços do povo que cercaria a capital, obrigando o tirano a **SE RENDER**.

Para que o sonho entrasse em vigor era preciso armas. Os homens andavam impacientes e a demora em conseguir o **ARSENAL** poderia gerar ataques precipitados, isolados e fracos, pondo tudo a perder. Ramos lamentava que suas fazendas tivessem sido confiscadas pelo governo. May reclamava da falta de experiência nos primeiros anos da Junta, quando gastaram muito dinheiro em projetos inúteis e Paulino achava muito irônico que a liberdade do México dependesse de alguns milhares de dólares. Quando o mensageiro chegou com a triste notícia de que José Amarilho havia sido preso e fuzilado ao tentar vender suas propriedades para financiar a revolução, todos ficaram mudos. Os cinco ou seis mil dólares prometidos por Amarilho eram a última esperança. Estavam a ponto de chorar, quando o tipógrafo Rivera perguntou:

— Quer dizer que bastam cinco mil dólares para iniciar a revolta?

Os homens o olharam murchos. Mas Paulino sentiu a esperança crescer dentro de seu peito.

— Encomende as armas — disse o rapaz, pondo-se de pé, com empolgação na voz. — Temos pouco tempo. Preparem o pessoal. Em três semanas eu trarei o dinheiro.

Talvez pela **AURA** de mistério que envolvia o garoto ou talvez por não ter outra alternativa, Paulino Vera decidiu acreditar nele. Seu peito, seus olhos e seus pensamentos acreditavam. Apenas sua boca ainda tinha dúvidas:

— Você ficou louco? — perguntou, já que não poderia acreditar naquela promessa sem antes examiná-la.

— Encomende as armas. Estarei de volta com o dinheiro em três semanas — disse o desconhecido, colocando seu casaco, seu chapéu e se dirigindo para a porta. Antes de sair, repetiu:

— Encomende as armas. Já estou a caminho...

Capítulo 4

Na última semana, no escritório de Kelly, as gargantas estavam arranhadas de tantos gritos e devido ao excesso de palavras. O telefone não sossegava. Pessoas de gravata entravam e saíam, carregando maletas, papéis e problemas. Não faltavam palavrões e rostos contraídos pelo estresse. Kelly era um homem de

- **RENDER:** se entregar, desistir
- **ARSENAL:** grande conjunto de armas e munições
- **AURA:** ambiente psicológico

negócios que não vinha tendo muita sorte. Havia trazido o lutador Danny Ward de Nova York para lutar em Los Angeles contra o campeão local Billy Carthey.

Disso sabiam os empresários, as pessoas ligadas ao boxe e os cronistas esportivos. O que Kelly escondia da imprensa era que Billy tinha sofrido um acidente e estava acamado há dois dias. Não poderia lutar contra Danny, por isso Kelly usava toda a sua habilidade como promotor de eventos e todos os seus contatos para arranjar um novo lutador de peso-leve para enfrentar Danny. Mas estavam todos treinando para outras lutas, com contratos já firmados. Sua esperança vinha do México. Era um lutador desconhecido, mas muito bem recomendado por seu treinador.

Na tarde em que Rivera entrou no escritório de Kelly, o mexicano soube que sua vida estava chegando a uma espécie de cume. Era como se estivesse se preparando durante anos para a maior missão de sua existência até ali. Kelly colocou os olhos nele, examinou seu corpo. Tinha peso leve, mas o corpo não apresentava a compleição física de um lutador. Quando estavam a sós, o empresário perguntou:

— Você tem coragem de entrar lá e lutar contra Danny Ward, garoto?

Antes de abrir a boca, Felipe já comunicava com os olhos malignos o ódio que constituía seu ser. Kelly percebeu essa energia e ouviu com atenção a resposta de Rivera:

— Posso vencer Ward.

A determinação e a seriedade de Felipe fizeram com que Kelly o respeitasse. Faltava ainda negociar as premiações pelo embate e o encontro com o empresário de Danny Ward, mas Kelly pôde dormir aliviado naquela noite. Se a luta fosse cancelada ele perderia muito dinheiro em multas, indenizações e transporte, mas agora havia um desafiante.

No outro dia houve uma reunião entre Roberts, o treinador e empresário de Felipe Rivera, Kelly, Danny Ward e seu pessoal.

— Roberts, você aparece aqui com esse rapaz mexicano e diz que ele pode substituir o nosso Billy. Isso é verdade ou você está nos pregando uma peça? Saiba que o boxe profissional é algo sério. As pessoas pagam quinze dólares por um lugar em volta do ringue. A imprensa está em cima também. Então, faça o favor de nos dizer quem é esse garoto — perguntou Michael Kelly com seriedade.

— Kelly, fique tranquilo. Esse garoto é o futuro do boxe. É muito rápido, seu estilo é desconhecido do público, mas saiba de **ANTEMÃO** que ele é capaz de bater com a esquerda e com a direita. Danny Ward **VERSUS** Felipe Rivera será um belo combate!

- **ANTEMÃO**: com antecipação, previamente
- ***VERSUS***: contra

— Daqui a pouco você vai me dizer que ele pode vencer Danny — falou Kelly, meio contrariado.

— Isso eu não posso dizer. Mas sinto que será uma bela luta.

— Roberts, eu me preocupo porque você é um treinador muito bom, mas como empresário você ainda está começando. Se me diz que esse garoto pode aguentar Danny Ward, eu acredito, mas ele vai ter que aguentar no mínimo dez **ASSALTOS**, senão o público vai vaiar e a imprensa vai dizer que a luta foi **ARRANJADA**; isso seria péssimo para os negócios.

— Você tem razão, Kelly, eu sou um treinador. Não nasci para usar gravata. Acompanho esse garoto há anos. Ele luta como o demônio. Fará frente a Ward sim. Se vai vencer eu não sei, mas sei que a plateia vai ficar em pé.

Michael Kelly abriu um sorriso de satisfação e mandou seu secretário ir chamar Danny Ward e seu treinador para que acertassem detalhes relativos ao contrato. Bebericando um uísque, Roberts recomeçou a falar:

— Kelly, vou lhe contar como descobri Rivera enquanto esperamos Danny e seu pessoal. Isso o deixará mais calmo.

— Certo, siga em frente. Eu gosto de uma boa história.

Roberts contou que, quando treinava Prayne para o histórico combate contra Delaney, estava com dificuldades em encontrar um **SPARING**. Prayne tinha fama de mau e realmente era um sujeito maldoso. Punha toda sua força e agressividade até mesmo nos treinamentos, castigando seus companheiros de treino com **MARRETADAS** violentas a ponto de sua fama se espalhar e ele não ter mais nenhum sparing para praticar a chamada nobre arte.

Com um sorriso na boca amortecida de uísque, Roberts contou que viu um mexicano morto de fome perambulando nas imediações do ginásio e, no desespero, chamou-o para treinar. Calçou as luvas e o empurrou para o ringue em troca de um prato de comida. Rivera apanhou muito. Prayne se divertia pegando pesado em suas costelas, abdômen e cabeça. Rivera era duro e se negava a cair. Resistia aos golpes com um olhar de raiva. Prayne tinha a impressão de estar batendo num saco de couro e ossos, pois o garoto não sabia nada de boxe, praticamente não se movimentava e não sabia se defender.

Em sua ignorância, Prayne achou que o garoto estava debochando dele, por isso bateu como um profissional. Rivera aguentou dois **ROUNDS**, mas caiu

- **ASSALTO:** cada tempo que divide uma luta de boxe
- **ARRANJADA:** cujo resultado foi combinado anteriormente
- **SPARING:** companheiro de treino de um boxeador
- **MARRETADA:** golpe com a força de uma marreta
- **ROUND:** sinônimo de assalto

desmaiado no terceiro. Roberts o auxiliou, lavou seu rosto, secou, tirou suas luvas, ajudou-o a sair do ringue, serviu-lhe um belo prato de comida e deu-lhe cinquenta centavos de dólar. Dolorido e machucado, o rapaz devorou a ração. Era uma fome de dois dias e Prayne e Roberts ficaram impressionados com a resistência do rapaz. Havia desmaiado de fome, e não por nocaute!

Roberts pensou que o rapaz nunca mais pisaria no ginásio, porém no outro dia ele estava lá, pronto para lutar por seu prato de comida. Com o passar do tempo, o rapaz foi melhorando. O castigo das pancadas o convencia a melhorar a defesa e a raiva ao apanhar o fazia querer atacar. Sua característica marcante era a capacidade de suportar a dor. Sua pele recebia as pancadas como se fosse um couro de búfalo. Vários lutadores meteram a mão nele e o rapaz aprendeu de cada um uma certa **GINGA**, um truque, um novo golpe etc.

Roberts pensava que Rivera poderia ter vencido vários deles nos treinamentos, mas o boxe não passava de um meio de sobrevivência para o rapaz. O esporte não parecia ser a sua paixão, até que, nos últimos meses, o rapaz começava a demonstrar um interesse maior.

— Alguns meses atrás ele me pediu para lutar a dinheiro. Eu o inscrevi em pequenos clubes onde ele varreu todos os lutadores locais — contou Roberts para Kelly, que escutava tudo atentamente.

— Ele não é muito de falar, mas bate muito bem. Aliás, Rivera é muito misterioso. Ninguém sabe onde dorme, de onde veio, o que fazia antes e o que faz quando some do ginásio e fica semanas sem treinar. Ele tampouco nos diz, não é, Rivera? — perguntou Roberts, já embalado pelo álcool.

Felipe se manteve quieto, com a expressão séria e congelada. Os homens continuaram sua conversa animada até que Danny Ward, seu empresário e seu treinador entraram na sala. Houve quase uma festa para recebê-los. Até mesmo Roberts foi cumprimentá-lo com um largo sorriso no rosto.

Capítulo 5

Danny era louro, mais alto que Felipe e tinha olhos azuis. Entrou no escritório com um ar triunfante e um sorriso bobo no rosto. Ele e seu pessoal estavam bem-vestidos e animados. Cumprimentaram Kelly, Roberts e Rivera com entusiasmo e se sentaram. O boxe para aqueles homens era uma enorme fonte de renda, um negócio lucrativo. Danny Ward estava sorrindo porque a vida havia lhe mostrado que sorrir ajudava a abrir caminho nas relações humanas. Mas seu sorriso era apenas uma máscara; por baixo dela havia um lutador sério, firme e dedicado. Ward já

GINGA: modo de balançar o corpo

havia derrotado vários outros boxeadores e tratava aquela viagem até a costa oeste dos Estados Unidos como uma forma de expandir sua fama, que já era grande em Nova York. Além de ganhar um bom dinheiro.

Já Rivera permanecia quieto. Sentado num canto, enquanto seu sangue asteca e espanhol corria quente e veloz em suas veias e seus olhos pretos registravam tudo.

— Então é você o sujeitinho que vai me desafiar, hein? Como vai meu velho? — disse Danny, numa espécie de humilhação simpática.

Felipe permaneceu calado, como se aquelas pessoas não fossem dignas de suas palavras.

— Senhor Roberts! — disse Danny, olhando para Roberts. — O Senhor espera que eu lute contra um surdo-mudo?

As risadas se alastraram pela sala. O empresário de Danny acendeu um charuto e o lutador nova-iorquino lançou outra piadinha:

— Isso aí é o melhor que Los Angeles pode oferecer? De que jardim de infância você o tirou, senhor Roberts?

Os olhos de Felipe Rivera eram só veneno. Sua boca e seu coração estavam trancados, mas ele, que já odiava todo e qualquer gringo, jurou silenciosamente que daria uma surra naquele americano **METIDO**.

— Danny, esse garoto é muito bom — disse Roberts sem muita convicção na voz, como se estivesse com vergonha.

— Só posso dizer que vai ser moleza, a não ser que ele se arrebente todo por cima de mim.

Os homens voltaram a rir, mas o empresário de Danny, preocupado com a seriedade de Felipe, resolveu amenizar:

— Olha, Danny, é melhor você ter cuidado. Esses novatos nunca têm nada a perder.

— Oh, pode deixar. Eu terei muito cuidado com ele. Vou embalar o bebezinho nas cordas do ringue até **FAZÊ-LO DORMIR**.

Preocupado com o excesso de confiança de Danny, Kelly falou:

— Olha só, Ward. Essa luta tem que durar mais de dez assaltos senão o público vai me matar.

— Que tal uns quinze assaltos? Está bom para você? Assim poderei bater bastante nesse novato.

— Uma luta de quinze assaltos seria excelente, mas tem que parecer real, hein? — advertiu Kelly.

- **METIDO:** metido a besta, convencido, cheio de empáfia
- **FAZÊ -LO DORMIR:** levá-lo a nocaute

— E a porcentagem fica em 65 por cento da **ARRECADAÇÃO LÍQUIDA** para o vencedor, certo? Era esse o trato caso o adversário fosso Billy Carthey, não é? — perguntou Danny Ward, com um tom mais sério na voz.

Kelly concordou com a cabeça, mas o empresário de Ward argumentou que Rivera era um boxeador iniciante e portanto a porcentagem deveria ser diferente:

— Propomos 80 por cento para o vencedor e 20 por cento para o perdedor.

Kelly aceitou e Roberts também disse que achava justo. Como Felipe se mantinha calado, Danny perguntou:

— Você está entendendo esses números?

O novato balançou a cabeça afirmativamente e perguntou quanto daria em dólares 65 por cento da bilheteria. Danny respondeu:

— Algo em torno de 5 a 8 mil dólares, dependendo do número de ingressos vendidos. Você vai ganhar cerca de mil ou 1.600 dólares. Nada mau para levar uma surrinha de um cara famoso e bonito como eu, hein?

Os homens ainda riam quando Rivera falou com firmeza:

— O vencedor fica com tudo.

As risadas cessaram. Os homens o olhavam **INCRÉDULOS** e Felipe repetiu:

— O vencedor leva cem por cento da bilheteria.

O empresário de Danny esfregou as mãos e disse: "tudo bem, vai ser mais fácil do que roubar doce de criança". Mas Danny não gostou. Reclamou que aquilo não era certo, que não era a prática comum entre profissionais, que alguém poderia drogá-lo antes da luta ou que, numa infelicidade, poderia não estar se sentindo bem no dia do combate, "por isso a cota é 80 por cento para o vencedor e 20 por cento para o perdedor, certo, mexicano?".

— Errado — disse Rivera balançando sua cabeça para os lados.

— Ora, sua barata suja! Eu vou esfolar você vivo naquele ringue e tenho vontade de bater em você agora mesmo!

Roberts se levantou, ficando entre os dois boxeadores, enquanto o treinador de Ward o segurava pelos braços.

— O vencedor leva tudo! — repetiu Rivera, como se jogasse gasolina no ar do escritório.

— Mas por quê? — perguntou Ward gritando.

— Porque eu posso vencer você.

- **ARRECADAÇÃO LÍQUIDA:** valor arrecadado já descontadas as despesas e os impostos; lucro líquido
- **INCRÉDULO:** sem acreditar

Danny fez um movimento de que ia começar a tirar o paletó e partir para a briga, mas era um gesto calculado, promocional. Sabia que seu empresário e que o promotor da luta impediriam o contato dos boxeadores antes do grande evento. No fundo estava adorando aquela situação: a ousadia do novato numa luta de tudo ou nada daria uma boa **MÍDIA**, atrairia um bom público e Danny já contabilizava os cifrões.

— Você não passa de um estúpido, Rivera. Um **PREPOTENTE** desconhecido que pensa que é o tal. Só porque derrubou meia dúzia de fracotes pensa que pode lutar e que pode vencer, Danny. Você deveria lutar de graça, até porque a próxima luta de Danny vale o título, sabia disso?

— Quero ser conhecido quando derrotar Ward.

— Então você acha mesmo que pode comigo? — interrompeu Danny.

— Posso sim, e se você acha que é fácil me derrotar, por que não aceita minha proposta? O vencedor leva tudo.

— Pois eu vou aceitar. Vou dar uma surra em você, seu fedelho. Kelly, fale com a imprensa, será uma luta de tudo ou nada e esse moleque vai aprender a respeitar os outros. Agora suma da minha frente antes que eu já comece o estrago.

— Então estamos combinados, o vencedor leva tudo — **REITEROU** Rivera.

— Sim, já falei. O vencedor leva tudo!

Quando saíram do escritório Felipe Rivera tinha um sonho no olhar violento, enquanto seu empresário e treinador o maldizia:

— Seu burro. Você acabou de perder um dinheirão. Poderia ter ganho 45 por cento, ou 20 por cento, mesmo que perdesse a luta, mas não, você não quis. Quer tudo ou nada e não vai ganhar nada, porque você conseguiu irritar Danny e agora ele vai lhe dar uma **SOVA**.

Capítulo 6

No dia e na hora marcada, a audiência praticamente lotava a área em volta do ringue. Rivera passou quase desapercebido pela multidão. Foram poucas as pessoas que o aplaudiram, afinal a estrela da noite era Danny Ward e o público estava decepcionado. Queriam ter visto Billy Carthey entrar no ringue, e não um novato que, aliás, parecia mais fraco do que Danny.

Felipe Rivera ficou olhando o público, o modo como faziam barulho e soltavam fumaça, dentro de seus casacos. Depois olhou o ringue, o pequeno e único

- **MÍDIA:** imprensa, divulgação
- **PREPOTENTE:** que abusa de seu poder
- **REITEROU:** repetiu, renovou
- **SOVA:** surra

espaço iluminado no salão escurecido. Seu piso branco cercado de cordas. Depois olhou Danny, que se aproximava pelo outro lado, abrindo caminho no meio da multidão ruidosa e festiva. Ward gesticulava, sorria e se exibia. Estava claro que o dinheiro e o coração da plateia estavam depositados em seus punhos.

Seu rival vinha acompanhado do treinador, empresário, assistentes e vários bajuladores. Todos acenavam e sorriam. Ward baixou o tronco e passou pelas cordas. A multidão o **ACLAMAVA**. Cumprimentou o pessoal da imprensa, algumas autoridades, empresários e o público em geral. Parecia conhecer todo mundo, parecia ser o herói nacional. Todos o adoravam e a vitória era apenas uma formalidade. Até mesmo Roberts e o assistente de Rivera dirigiram a Danny um olhar de admiração.

Os boxeadores sentaram-se em seus banquinhos, enquanto ouviam as instruções de seus técnicos. Danny gostava dessa parte. Gostava de prolongar esse momento para esfriar seu adversário. Os novatos, principalmente, sentiam a responsabilidade da luta enquanto esperavam seu início, encarando o oponente e a plateia. Mas, como Roberts costumava dizer, Rivera não tinha nervos e não se deixou abalar naquela situação.

Enquanto isso, o técnico de Danny falava em seu ouvido:

— Tenha cuidado. Não seja muito afoito. Estude o garoto no começo da luta. Não vá com muita sede ao pote. Lembre-se de que Kelly pediu que seja uma luta longa, com vários rounds. Senão a imprensa vai pensar que foi armação e o povo vai ficar revoltado.

Danny escutava, mas seu rosto estava concentrado em Rivera. O mexicano odiava o **PUGILISMO** profissional. Para ele, era um jogo de gringos, e ele também odiava os gringos. Havia aprendido a luta e havia feito de seu corpo um saco de pancadas primeiro porque estava morrendo de fome e depois porque a Junta precisava de dinheiro. Agora era diferente. Vencer Ward significava dar início à revolução propriamente dita.

Enquanto Ward lutaria apenas por alguma fama, pelo dinheiro e pelas mordomias que ele possibilitava, Rivera lutaria por um povo, por um país, por um sonho. Quando pensava nesses ideais, seu peito inchava de força e oxigênio. Seus olhos brilhavam mais e ele ficava mais confiante.

Sentado em seu banquinho, enquanto a luta não começava, o pugilista revolucionário sonhava de olhos abertos. Em meio à **ALGAZARRA** da plateia, ele se concentrava e via os muros das fábricas, e depois deles seis mil trabalhadores

- **ACLAMAVA:** aplaudia em pé
- **PUGILISMO:** esporte do pugilato (luta com socos); boxe
- **ALGAZARRA:** bagunça, gritaria

famintos e cansados, chegando em casa sem dinheiro para o pão. Via crianças de oito anos de idade trabalhando duro por dez centavos por dia. Via mineiros sujos e suados com os pulmões obstruídos. Via sua mãe trabalhando, cozinhando, limpando e ainda encontrando tempo para cuidar dos filhos e do marido. Viu o largo bigode de seu pai e sua casa cheia de amigos. Via seu pai trabalhando na gráfica clandestina, ajudado pelos amigos que chegavam no meio da noite e falavam baixo, organizando a greve. Lembrou que o nome de seu pai era Joaquim Fernandez, o **MUCHACHO**, e que sua mãe o chamava de Juan Fernandez, mas os acontecimentos o fizeram mudar de nome e sobrenome, para continuar vivo.

Lembrou de ter acordado, após o fuzilamento, com o barulho do trem. A má pontaria dos soldados e o excesso de alvos haviam poupado sua vida. Lembrou também de ter conseguido sair do meio da pilha de mortos e de quando viu os cadáveres de seu pai e de sua mãe jogados no trem de carga junto com os corpos de vários outros trabalhadores. Recordava ter pulado do trem que sumiria para sempre com aquele fato da história.

Olhando para o público e vendo em cada cabeça quinze dólares e em cada dólar as armas e munições que libertariam o México, Rivera não escutou o que seu técnico dizia. Não escutou os conselhos: "mantenha-se longe dele. Se a coisa apertar agarre-o. Não se importe com o público, finja que está treinando. Ele vai vir para cima de você no começo da luta, não se assuste...". Mas Rivera não escutou nada disso, pois naqueles instantes seu ódio dava lugar ao sonho e seu olhar estava perdido no meio de rifles e revólveres, muito longe do ringue.

Quando o juiz chamou os dois, aquelas lembranças todas evaporaram de sua frente e ele viu Danny Ward atravessando o ringue como um touro enfurecido. Mas não mais enfurecido do que o mexicano sedento de vingança. Ficaram cara a cara enquanto o juiz resumia as regras do jogo. Embora parecesse sorrir, Danny falou por entre os dentes:

— Vou arrancar a covardia de sua pele, seu rato mexicano!

Capítulo 7

Soou o **GONGO** e Danny partiu para cima de Rivera. Seus golpes iam entrando com facilidade. Um, dois, três, seis golpes **DESFERIDOS** em sequência. Rivera parecia quase paralisado, talvez de medo, nervosismo ou algo misterioso. E foi às cordas, de onde não havia mais por onde escapar e de onde Danny lhe castigava com vontade.

- **MUCHACHO:** rapaz em espanhol
- **GONGO:** campainha, sineta que marca o início e o fim de um assalto no boxe
- **DESFERIDO:** aplicado, desfechado

Os homens da imprensa balançavam a cabeça, seus prognósticos estavam certos, era a luta mais previsível do ano. Ward batia à vontade e Rivera mal conseguia se proteger. A desconcentração inicial estava lhe saindo muito cara. O juiz já havia separado os dois nas duas vezes em que Rivera apelara para esse recurso. Estava nas cordas pela terceira vez no mesmo assalto e apanhando constantemente.

Danny Ward tinha o corpo muito branco, bem definido e forte em oposição aos músculos mais magros e morenos de Felipe Rivera. O fato de Danny estar no ataque dava a impressão de ele ser ainda maior, já que se movimentava bastante, esticando os braços e golpeando Rivera. O mexicano, na defesa, todo retraído e curvado, parecia bem menor do que seu **ALGOZ**.

Roberts e seu assistente estavam preocupados. Corria sangue pelo nariz de Rivera e seu lábio também estava cortado. O primeiro assalto estava por terminar e, naquele ritmo, Kelly e o público pensavam que a luta seria breve. Contudo, da distância onde se encontravam não perceberam que no peito de Rivera o batimento cardíaco era normal para a sua atividade física e que sua respiração estava absolutamente sob controle. Aquela surra inicial tão perigosa para pugilistas profissionais era na verdade a sua forma de lutar na academia. Dezenas de vezes ele havia sido espancado por outros lutadores no começo dos combates. Em parte porque não gostava de boxe, em parte para sentir a força e a pegada do adversário ou ainda para cansá-lo no começo, deixar que pensasse ser superior e tomar a luta como ganha. Nesse ponto muitos relaxavam a defesa, tornando-se alvos fáceis.

No meio da confusão, dos gritos e dos aplausos todos se espantaram quando Rivera ficou sozinho no ringue e Danny tirava os dois pés do solo para, em seguida, cair de costas como um **FARDO**. Em sua raiva, em sua voracidade para bater e movido pela facilidade da luta até ali, Danny havia esquecido que Rivera batia com as duas mãos, e foi com a esquerda que o mexicano conseguiu abrir a guarda do americano, levando-o ao chão.

Ward sentiu um arrepio frio cruzando sua coluna. Por meio segundo não sabia onde estava. No outro segundo lembrara que aquilo era uma luta. Seu corpo queria ficar no solo, entregue ao solo, mas sua consciência o mandava levantar e assim a ditadura cerebral ordenou ao corpo que se erguesse, superando a dor. O juiz havia afastado Rivera do corpo caído e, com algum atraso, iniciara a contagem.

Contrariando o costume que os fãs de boxe têm em aplaudir um belo golpe capaz de levar um pugilista ao chão, os torcedores daquela noite se mantiveram quietos. **APREENSIVOS**, esperando que Danny levantasse. Para Rivera a contagem

- **ALGOZ:** carrasco, quem causa mal a outra pessoa
- **FARDO:** carga, algo difícil de suportar
- **APREENSIVO:** preocupado

do juiz parecia mais lenta, mais espaçada do que a contagem normal de dez segundos para a recuperação do caído. Porém achou melhor não reclamar, pois era sua primeira luta como profissional e ele poderia estar enganado. Quando o juiz contou "sete", Danny ainda tinha um joelho no chão e ficou assim até o "nove", quando o juiz afastou Felipe com um empurrão injusto e contou "dez", na mesma hora em que Ward tirava o joelho do solo e era considerado "em pé". A luta prosseguiria.

Danny levantou ainda meio **GROGUE**. Rivera poderia ter se aproveitado disso, mas o juiz andava em volta do americano como se o protegesse de uma possível investida de Felipe. Quando Felipe conseguiu se aproximar, Danny o agarrou, e o juiz, contrariando a regra do esporte, deixou que ficassem agarrados por muito mais tempo do que permitia o regulamento. Era claro: Rivera estava lutando contra todos e contra o árbitro. Ele deixava que Danny se agarrasse para ganhar tempo até que o primeiro assalto acabou e ele, Danny, pôde tomar fôlego em seu banco no canto da arena.

Os assistentes jogavam água e faziam massagens intensivas em Danny. Ele se queixava para o treinador:

— Esse nojento tem um soco muito pesado!

Capítulo 8

Foram para o segundo round **CIENTES** de que aquilo não era nenhuma brincadeira. Ward tinha aprendido na marra que o novato sabia lutar e Rivera tinha tido uma amostra do que pode o boxe profissional. Por isso os pugilistas pareciam pensar mais em seus movimentos, estudando melhor o adversário. Danny precisava se recompor da paulada recebida no primeiro assalto, por isso se preocupou mais em bloquear as poucas investidas de Rivera e apelar para o **CLINCH**. Assim passaram também o terceiro round. No quarto assalto Danny estava melhor e voltou a tomar a iniciativa da luta. É verdade que sem o mesmo **ÍMPETO** do início, com mais sabedoria e, consequentemente, mais perigo.

Quando usava sua técnica Ward era muito melhor do que quando usava apenas seus instintos. Lutava agora para cansar e desgastar o mexicano e nessa luta de estratégia começou a levar a melhor. Para cada golpe de Rivera, Ward conseguia enfiar três. Isso ia lhe deixando mais confiante. Gostava desse tipo de

- **GROGUE:** meio tonto
- **CIENTE:** sabendo, consciente
- **CLINCH:** agarramento corpo-a-corpo
- **ÍMPETO:** impulso, furor

luta, por **ACÚMULO**. Já havia vencido vários oponentes com essa estratégia e, para não correr o risco de ser nocauteado num contra-ataque, resolvera empregá-la contra o mexicano.

Felipe também tinha seus recursos. Sua estratégia era variar a defesa. Quando se defendia com a direita, golpeava com esquerda e vice-versa. Sua condição de **AMBIDESTRO** estava sendo bem explorada e, com o passar do tempo, ia causando estragos no nariz e na boca do americano. No quinto round a experiência de Danny conseguiu com que um **MURRO** potente atingisse o queixo de Rivera, levando o público ao **ÊXTASE** e o mexicano ao chão.

Rivera conseguiu se levar com certa rapidez, embora tivesse a nítida impressão de que a contagem do juiz era mais rápida para ele. No sétimo round Danny repetiu o mesmo golpe, um **UPPERCUT**, mas desta vez com força bem maior. Felipe Rivera sentiu seu corpo sair do chão e suas costelas doerem ao se chocar com as cordas. No impacto, seu corpo moreno deslizou por entre o cercado e caiu sobre os jornalistas. O árbitro abriu a contagem. A imprensa empurrou o mexicano suado de cima de seus papéis e anotações. **ATORDOADO**, o boxeador se levantou e rumou para as cordas, onde teria de se abaixar para pisar no ringue e onde Danny o aguardava com ansiedade.

O público começou a rugir:

— Mata! Mata! Mata!

Como se Danny fosse um **GLADIADOR** romano, pediam que ele tirasse a vida de seu adversário. Mas Rivera passou rapidamente pelas cordas e, antes que Danny o acertasse, conseguiu agarrá-lo. O juiz ficava em cima, não permitia que Rivera se agarrasse ao americano por muito tempo, para que ele não se recuperasse. Era uma arbitragem **TENDENCIOSA**.

No oitavo assalto a luta seguiu igual, mas Rivera conseguiu defender-se bem dos ataques de Ward e o público começava a se impacientar com a persistência do novato. Até ali Rivera contava com o apoio de alguns poucos torcedores que haviam apostado que ele cairia no sexto, sétimo ou no oitavo round. Porém, quan-

- **ACÚMULO:** excesso (de golpes), amontoamento
- **AMBIDESTRO:** que utiliza as duas mãos
- **MURRO:** soco muito forte
- **ÊXTASE:** encantamento, deleite, prazer intenso
- **UPPERCUT:** golpe direto no queixo do adversário
- **ATORDOADO:** que não consegue controlar totalmente suas emoções ou seu corpo
- **GLADIADOR:** lutador romano
- **TENDENCIOSA:** que age secretamente em prol de alguém

do a luta entrou no nono assalto, esses apostadores começaram a torcer por seu **COMPATRIOTA** Ward e a arena inteira se voltou contra o revolucionário.

Curiosamente, foi também no nono assalto que Rivera descobriu uma forma de contra-atacar, de usar o estilo de jogo de Ward contra ele. Estavam agarrados quando Felipe se desvencilhou antes que o juiz os apartassem ou que Danny tentasse se afastar e aproveitou o curto espaço entre eles para mandar um soco rápido e localizado na cintura de Danny, que foi ao chão.

Novamente a contagem do juiz foi lenta e novamente Ward se levantou no "nove" e o juiz ficou mais uma vez entre Ward e Rivera impedindo o ataque do mexicano. No décimo assalto Felipe conseguiu que mais dois bons golpes atingissem seu rival e Danny voltou a lutar de forma impulsiva, como no primeiro round. Parecia irritado. Batia muito em Rivera, mas o mexicano parecia de aço. O pior para Danny era o **CONTRAGOLPE** cruel de Felipe que o levou ao chão por duas vezes, mas o juiz e suas artimanhas o salvaram do nocaute.

No décimo primeiro assalto Danny recebeu uma injeção de ânimo por parte de seu técnico, sua equipe e da plateia, e por quatro rounds seguidos o lutador fez a melhor exibição de sua vida. Resolveu colocar cada milímetro de sua energia naquele combate, cada segundo de sua experiência, cada movimento de sua técnica.

Danny foi mestre em manter uma distância segura, em bloquear os golpes de Rivera e também em usar de vários truques sujos para tirar vantagem do mexicano. Xingava o rapaz, agarrava-lhe por mais tempo que o permitido, golpeava abaixo da cintura. Seu objetivo era distrair e irritar Felipe para que tivesse a chance de acertar um golpe potente de direita seguido de outro de esquerda. Se conseguisse fazer passar esse seu golpe fatal, poderia vencer a luta. Pretendia atingir Rivera no **PLEXO SOLAR**, para que ele ficasse sem ar por alguns instantes e, no desespero, esquecesse de se defender.

Estavam todos a favor de Danny. Até mesmo Roberts e a equipe de Rivera. Nos intervalos não lhe **MASSAGEAVAM** direito, nem lhe enxugavam o suor e tampouco cuidavam bem de suas feridas. Os conselhos que davam eram falsos e Rivera tinha ódio de toda aquela armação. Mesmo com tudo contra ele, no décimo quarto assalto, Rivera derrubou Ward mais uma vez. Cansado, o mexicano apoiou as mãos nas coxas e olhou para Roberts. Michael Kelly cochichava algo em seus ouvidos. Rivera tinha uma ótima audição, acostumada aos ruídos do deserto, e ouviu fragmentos da conversa:

- **COMPATRIOTA:** que pertence à mesma pátria
- **CONTRAGOLPE:** golpe dado logo após um golpe recebido
- **PLEXO SOLAR:** região do pescoço e artéria aorta
- **MASSAGEAVAM:** faziam massagens

— Ele tem que vencer, ouviu? — dizia Kelly com firmeza. — O Danny tem que vencer, você entendeu? É muito dinheiro em jogo!

Roberts concordava com a cabeça. Quando Danny se levantou, não levou mais do que trinta segundos para Felipe levá-lo ao chão novamente. O mexicano era um ódio móvel. A injustiça da luta servia de combustível para sua **IRA** pessoal. Roberts gritava:

— Rivera, fique no canto. Chega de bater.

Felipe apenas fitou seu técnico com **DESPREZO**. Sentindo que o mexicano não se entregaria, Kelly começou a gritar abertamente:

— Desista, Rivera. Desista e eu garanto o seu futuro. Se você se deixar vencer eu farei de você um grande campeão, mas esta luta você não pode ganhar.

Rivera não deu ouvidos aos engravatados e se manteve concentrado.

Capítulo 9

Quando o décimo quinto assalto começou, Rivera sentiu na postura de Ward algo diferente. Uma confiança sem propósito. O americano se aproximou como se quisesse um clinch, mas, pressentindo o perigo, Rivera desviou. Estavam armando alguma coisa, algum golpe sujo, e Rivera pressentia que precisavam de um clinch para pôr em prática o **ESTRATAGEMA**.

Dessa forma, para evitar a armadilha dos americanos, Rivera passou dois rounds se **ESQUIVANDO** e se defendendo, cuidando da distância e evitando a todo custo que Ward o agarrasse. No décimo sétimo round, Danny já havia recuperado o fôlego e partiu para uma reação. Desferia muitos golpes em Rivera, que preferia aceitá-los do que tentar um clinch. A boa fase de Danny levantou o público. Mais de 10 mil americanos viviam seu momento de glória, **IAM À FORRA** no final da luta, após terem apanhado durante quase todo o combate.

Enganado pela própria **SOBERBA**, Danny esquecia que aquela situação era fictícia e só estava acontecendo porque Felipe estava mais preocupado em evitar a trapaça misteriosa do que em lutar efetivamente. Na euforia da torcida, Danny provocava:

— Vem lutar, covarde. Acabou tua energia, ratinho do México?

- **IRA:** raiva, cólera, desejo de vingança
- **DESPREZO:** desdém, repulsa acompanhada de nojo
- **ESTRATAGEMA:** armadilha, estratégia usada para enganar o inimigo
- **ESQUIVANDO:** desviando
- **IR À FORRA:** vingar-se
- **SOBERBA:** excesso de orgulho e arrogância

O sangue de Rivera se mantinha frio. Aliás, era o único sangue-frio em todo o **PAVILHÃO**. Quando Danny acertou um soco forte em seu rosto, Felipe fingiu que havia ficado abalado, soltando os braços. **AFOITO**, Danny se aproximou para aplicar o golpe final, mas foi surpreendido pela velocidade e a força do direto de direita de Rivera, acertando a boca do americano em cheio. Persistente, Ward se ergueu e por mais duas vezes Rivera o levou ao chão, de forma limpa e esportiva. Não havia como o juiz qualificar seus golpes como sujos ou antiesportivos.

Roberts gritava para o árbitro acabar com a luta! A equipe de Danny se recusava a **JOGAR A TOALHA** e o chefe de polícia, comandado por Kelly, começava a agarrar as cordas. Iria entrar no ringue para suspender a luta. Mas Ward se reergueu **CAMBALEANDO** como um bêbado e, antes que o policial cancelasse o "espetáculo", Rivera desferiu uma sequência de quatro golpes, culminando com um gancho que levou Danny Ward para a lona, onde caiu desmaiado. Houve um certo silêncio no ginásio. Por mais de um segundo ninguém falou nada e o juiz se manteve paralisado.

— Comece a contar! — Rivera gritou.

— Um.

O público permanecia quieto.

— Dois.

Kelly e o empresário de Danny começaram a gritar para o lutador se pôr em pé.

— Três.

O chefe de polícia se afastou do ringue.

— Quatro.

Rivera fitou Roberts e ele fazia coro com a equipe de Danny para o americano levantar.

— Cinco.

Exausto, o mexicano parou de se movimentar e ficou admirando aquela cena **BIZARRA**.

— Seis.

A voz do árbitro tremia e o suor congelava em sua testa.

— Sete.

Danny permanecia imóvel no chão.

- **PAVILHÃO:** prédio onde se realizam eventos
- **AFOITO:** precipitado
- **JOGAR A TOALHA:** gesto que no boxe significa desistir
- **CAMBALEANDO:** caminhando sem firmeza, oscilando
- **BIZARRA:** esquisita

— Oito.

A multidão se impacientava com a **INÉRCIA** de Danny.

— Nove.

Kelly enxugava o suor frio do rosto, seus olhos não podiam acreditar.

— Dez.

A luta chegava ao fim. Todos reclamavam. O árbitro olhava para Rivera de forma incrédula. Felipe perguntou:

— Quem venceu?

O juiz então se aproximou dele e ergueu seu braço, no gesto tradicional que indica o vencedor de uma luta. Não houve comemoração, nem aplausos. Os americanos se sentiam derrotados em seu próprio país. Preferiam ter vencido a luta mesmo que de forma **ILÍCITA** do que terem sido derrotados de forma honesta. Aos poucos foram esvaziando o ginásio, com as gargantas roucas, lamentando seus dólares perdidos e com o orgulho pátrio ferido.

Felipe Rivera não tinha forças nem ânimo, nem companheiros para comemorar. Apenas dor em praticamente todos os seus músculos, cortes ardidos na boca, sobrancelha, supercílio, hematomas e muita sede. Chegava a soluçar e a tremer de fraqueza e fadiga.

Lentamente caminhou para o seu canto onde seus "assistentes" não haviam colocado seu banquinho e não haviam sequer lhe dado um sorriso de vitória. Escorou seu corpo demolido nas cordas e ficou observando a plateia. Por um instante todo aquele evento não passava de uma estupidez, de uma engrenagem comercial da indústria do entretenimento. Até que lembrou de seu sonho e de seu objetivo, e seus olhos inchados passaram a saborear a visão do público deixando a arena.

Cada uma daquelas pessoas era um rifle, um revólver. Sua carne era pólvora, seus dentes, projéteis e sua existência, a esperança de um povo. Rivera chegou a esboçar um sorriso na boca arrebentada ao lembrar que aquela vitória era um grande passo para a revolução que agora poderia continuar.

- **INÉRCIA:** torpor, letargia, falta de movimento
- **ILÍCITA:** ilegal, fora da lei

ROTEIRO DE LEITURA

1) Onde se passa a história?

2) De que parte da história você mais gostou? Por quê?

3) Até o terceiro capítulo há muito mistério sobre quem é Felipe Rivera. Os colegas da Junta desconfiavam dele. E você? Qual era a sua opinião sobre Rivera até o terceiro capítulo?

4) O livro não informa onde Felipe dormia. Você tem alguma ideia?

5) Onde Felipe conseguia se alimentar?

6) Por que Felipe Rivera era tão frio e vingativo?

7) A história se desenvolve durante a revolução mexicana. Pesquise sobre o assunto e descubra em que ano ela começou e quando acabou.

8) No livro, Diaz era o ditador do México. Qual a diferença básica entre uma ditadura e uma democracia?

9) O Brasil já teve alguma ditadura? Pesquise o assunto e descubra quando ela ocorreu.

10) O livro dá a entender que a revolução vai acabar com a ditadura de Diaz. Como acabou a última ditadura brasileira? Foi por meio de uma revolução?

11) Em um dos contratos propostos, caso Rivera vencesse a luta, ganharia 65 por cento da arrecadação, cerca de 8 mil dólares. Quanto dinheiro ele receberia se o percentual do vencedor fosse 80 por cento da arrecadação? Entregue a resposta deste problema para seu professor de Matemática.

12) Qual o seu esporte favorito? Você gosta mais de assistir ou de praticar?

13) Para algumas pessoas o boxe não deveria ser considerado um esporte. Qual a sua opinião sobre esse assunto? Por quê?

14) Como boxeador profissional, Danny Ward lutava por fama e por dinheiro. Quais eram os motivos de Felipe Rivera?

15) Para quem você torceu durante a luta? Por quê?

16) Jack London nasceu nos Estados Unidos, embora tenha escrito uma história em que um americano é derrotado tentando trapacear no esporte. Qual a sua opinião sobre isso?

17) O Julgamento do livro O mexicano. Na condição de juiz, seu professor irá dividir a turma em três grupos:

A) alunos que adoraram a história;

B) alunos que odiaram a história;

C) alunos que se mantiveram neutros a respeito da história.

O grupo A fará a defesa da história.

O grupo B terá a tarefa de acusar a história, apontando defeitos e pontos negativos.

O grupo C agirá como júri, votando e dando um parecer decisivo sobre a condenação ou absolvição da história, ou seja, se ela pode ou não ser recomendada a outros leitores.

18) Forme um grupo de três ou quatro alunos e reescreva o final da história em no máximo duas páginas.

19) Leia a versão do seu grupo para os colegas e debatam qual ficou mais interessante.

20) Forme uma dupla ou um grupo de três colegas. Escolha um diálogo do livro para representar em frente da classe.

O MEXICANO

Jack London

BIOGRAFIA DO AUTOR

John Griffith, mais conhecido como Jack London, nasceu no dia 12 de janeiro de 1876 em São Francisco, na California, filho de Flora Wellman. Seu pai era, provavelmente, Willian Chaney, companheiro de Flora à época. Contudo, eles não eram oficialmeten casados e Chaney exigiu que ela fizesse um aborto. Como a recusa da mulher, Chaney a abandonou negando-se a reconhecer John Griffith como filho. Flora logo se casou com John London, um veterano de Guerra Civil, de quem Jack London adotou sobrenome. Quando Jack tinha treze anos, John London morreu e o menino precisou ir trabalhar em uma fábrica de conservas. Acordava às cinco e meia da manhã e ia dormir à meia-noite para ajudar no sustento da família.

Mesmo com tanto trabalho, Jack era apaixonado por livros. Lia qualquer coisa que lhe caísse nas mãos. Entre uma leitura e outra, Jack deixou a fábrica de conservas e virou ladrão de ostras no porto de Oakland. Depois se cansou da pirataria e inverteu os papéis, indo trabalhar como policial. Ele era responsável por prender ladrões de ostras, chineses que contrabandeavam camarões e gregos, que roubavam salmão naquela área.

Finalmente, resolveu virar marinheiro, influenciado pela grande obra de Herman Melville, Moby Dick, que ele adorava. Passou três meses no veleiro Sophie Sutherland em uma viagem à caça de focas. Nessa viagem, conheceu a Coreia, o Japão e a Siberia. Depois voltou para São Francisco e conseguiu trabalho numa fábrica de juta. Nessa época, sua mãe insistiu para que ele se inscrevesse em um concurso literário, para o qual enviou um relato de suas aventuras a bordo do veleiro caçador de focas. Jack venceu o concurso e ganhou 25 dólares pelo primeiro lugar.

Ele tentou publicar alguns contos, mas nenhum foi aceito. Largou a fábrica de juta e voltou à vida de ladrão e desocupado. Acabou preso nas Cachoeiras de Niágara, no Canadá, de onde retornou aos Estados Unidos. Estava com dezenove anos, sem dinheiro, sem emprego, e ainda por cima tornara-se alcoólatra. Entrou para a Universidade da Califórnia, onde permaneceu apenas um semestre porque não tinha condições de pagar. Foi então que Jack London retornou ao Canadá, dessa vez para Klondike, impulsionado pela corrida do ouro. Essa viagem serviu de inspiração para o livro O chamado da selva.

Não conseguiu ouro e ficou doente na viagem. Voltou para São Francisco e finalmente virou escritor profissional, escrevendo para a revista Overland Monthly. Estava casado com Bessie Maddern, com quem tinha duas filhas. Trabalhou duro como escritor para manter a casa e a família, publicando diversos contos. Viajou ainda para a Coreia como repórter para cobrir a guerra entre a Rússia e o Japão.

Seu primeiro romance, O filho do lobo, foi publicado na virada do século. Outros livros vieram em seguida: O chamado da selva, Martin Eden, O lobo do mar, Antes de Adão, Caninos Brancos etc.

Jack London abandonou a mulher para ficar com a editora Charmian Kittredge, por quem se apaixonou e com quem viveu durante onze anos, até sua morte em 22 de novembro de 1916. Ele é considerado um dos maiores escritores norte-americanos. Influenciado por grandes pensadores, como Darwin, Marx, Milton e Nietzsche, sua obra é vasta e de qualidade. Seus livros contam com muita ação e também com descrições precisas, suas experiências de vida e suas viagens.

COLEÇÃO
AVENTURAS GRANDIOSAS
Série 3
COLEÇÃO AVENTURAS GRANDIOSAS
A PEQUENA PRINCESA
Frances H. Burnett
EDITORA RIDEEL
COLEÇÃO AVENTURAS GRANDIOSAS
POLIANA
Eleanor H. Porter
Adaptação de Isabel Vieira
EDITORA RIDEEL
COLEÇÃO AVENTURAS GRANDIOSAS
OS ROBINSONS SUÍÇOS
Johann Wyss
EDITORA RIDEEL
COLEÇÃO AVENTURAS GRANDIOSAS
O PRÍNCIPE E O MENDIGO
Mark Twain
EDITORA RIDEEL
COLEÇÃO AVENTURAS GRANDIOSAS
O JARDIM SECRETO
Frances H. Burnett
Adaptação de Isabel Vieira
EDITORA RIDEEL
COLEÇÃO AVENTURAS GRANDIOSAS
BELEZA NEGRA
Anna Sewell
EDITORA RIDEEL
COLEÇÃO AVENTURAS GRANDIOSAS
IVANHOÉ
Sir Walter Scott
Adaptação de Ana Carolina Vieira Rodriguez
EDITORA RIDEEL
COLEÇÃO AVENTURAS GRANDIOSAS
TOM JONES
Henry Fielding
Adaptação de Ana Carolina Vieira Rodriguez
EDITORA RIDEEL
COLEÇÃO AVENTURAS GRANDIOSAS
O CORCUNDA DE NOTRE-DAME
Victor Hugo
Adaptação de Isabel Vieira
EDITORA RIDEEL
COLEÇÃO AVENTURAS GRANDIOSAS
O PEQUENO LORDE
Frances H. Burnett
Adaptação de Ana Carolina Vieira Rodriguez
EDITORA RIDEEL
EDITORA RIDEEL

Coleção Clássicos Universais

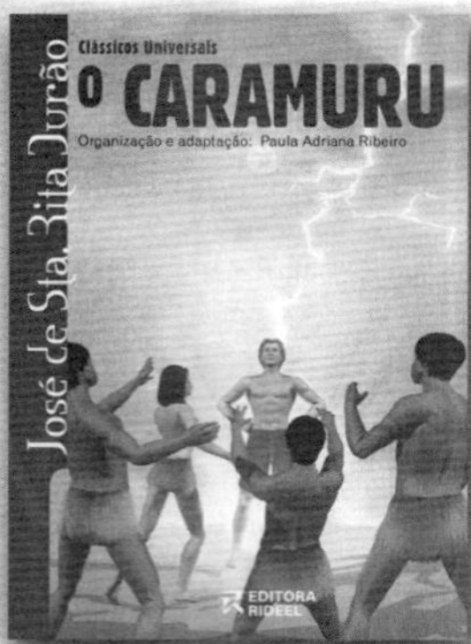

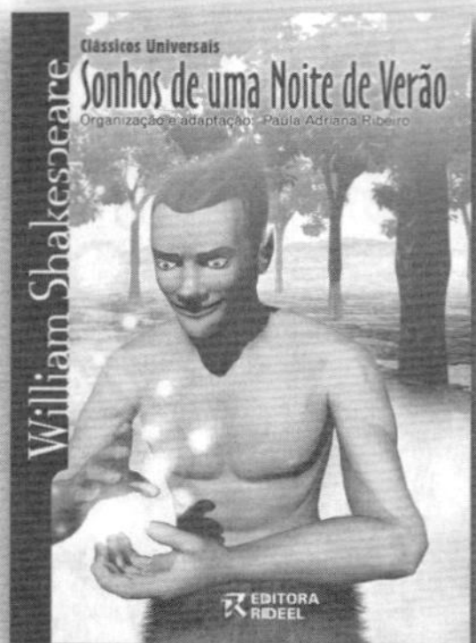

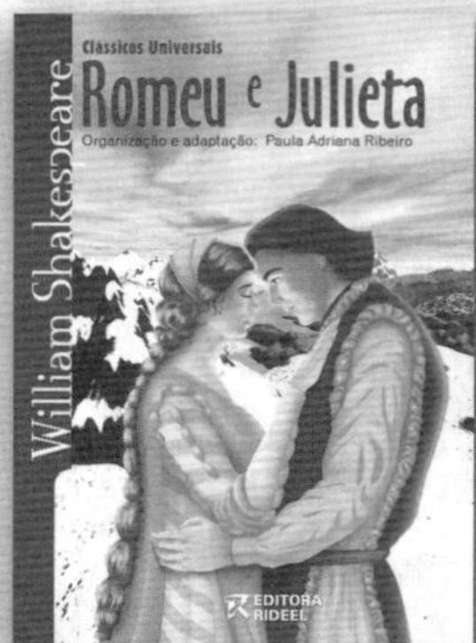

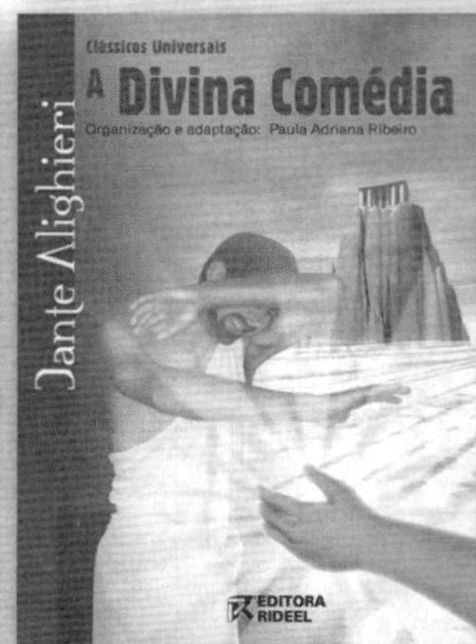

Durante a viagem, Paraguaçu cai num profundo sono que assusta Diogo, pois ele não sabe se ela apenas dorme ou se está doente. Depois de um certo tempo ela desperta e conta a todos os tripulantes o sonho que teve enquanto dormia.

Catarina, Paraguaçu, sonhou com o destino do Brasil, sua terra natal. Muitas lutas ocorreriam até que Portugal tomasse posse definitiva da terra.

— Vi no meu sonho muito ouro e diamante que faziam brilhar uma terra linda; essa terra brilhante era o Brasil, que por muitos outros povos será cobiçada por causa de sua riqueza ainda escondida – conta Catarina.

28

O povo escuta tudo atentamente e não sabe se acredita ou acha graça de suas palavras, mas ela se adianta:

— Não sei se o que vi é alguma profecia ou se é somente um sonho distante da realidade, mas muito claro me parecia.

A bela mulher termina dessa forma sua narrativa. Seu esposo, que a tudo ouvia pacientemente, a abraça e a beija com carinho.

Dez motivos para ampliar sua cultura